AF348270

SUR LES
CONQUÊTES
DU ROY.

A PARIS,

Chez Pierre le Monnier, au Palais, sur le
Péron du grand degré de la Courneuve,
au Feu divin.

EPISTRE

SUR

LES CONQVESTES

DU ROY

EN L'ANNEE 1672.

M PORTE' par l'effort d'un secret mouvement,
Ie t'écris les Exploits que le Roy vient de faire,
CHER DAMON, je ne puis en parler dignement,
Mais je puis encor moins m'en taire.
Ie n'ay jamais connu ce que c'est qu'Appollon,
Iamais je n'ay dormy dans le sacré valon,
Où les Poëtes font leurs songes :
Il n'est point de Muses pour moy ;
Mais ie suis assuré que leurs doctes mensonges,
N'égalent point ce que ie voy.
Ie voy le grand LOVIS, ô DAMON, quel miracle !
Tout cede à ce Vainqueur, il brise tout obstacle,
Rien n'en peut arrester le cours,
Voyla cinq Provinces conquises,

Plus de quarante Villes prises,
En moins de trente jours.

Imaginez-vous le ravage
D'un torrent qu'à formé l'orage,
Et qui precipitant ses eaux
Sur des pasturages fertiles,
Entraîne & Pasteurs & troupeaux;
C'est ainsi que LOVIS prend les plus fortes Villes.

Mais la rapidité de ce juste Vainqueur,
Qui va de Conqueste en Conqueste,
N'est point une affreuse tempeste,
Qu'un Barbare desir ait fait naistre en son cœur.
Il ne met point sa gloire à ravager la Terre,
Et sans sortir de son Palais,
Sa sagesse a rendu les Exploits de la Paix
Aussi grands que ceux de la Guerre :
Mais il falloit icy par les plus saintes Lois,
Que sa valeur toute heroique
Punit l'insolence publique,
Et qu'elle vengeast tous les Rois.

On sçait avec quelle arrogance
Ces Marchands, & nouveaux ESTATS
Insultant tous les Potentats,
Traitoient la Royale puissance.
Léur ridicule Vanité,
Au mépris de la Royauté,
Les nommoit Protecteurs du Monde.

Souverains Arbitres des Roys,
Derniers Iuges de tous leurs Droits,
Maiſtres de l'Empire de l'Onde,
Et leur faſte inſolent gravoit ſur les metaux
Tous ces titres pour eux auſſi vains que nouveaux.

Il ne leur plaiſoit pas dans leur fiere entrepriſe,
Qu'un Roy qui par l'éclat des grandes actions
Brille avec tant de gloire aux yeux des Nations
Priſt vn Soleil pour Deviſe;
Ils vouloient, diſoient-ils, dans leurs piquans diſcours,
Arreſter le Soleil au milieu de ſon cours.
Cependant LOUIS marche, entre dans leurs Provinces,
Commence de vanger l'honneur de tous les Princes,
Et d'un premier effort qui remplit tout d'efroi,
Ayant conquis Burich, Vezel, Rhimberg, Orſoi,
Il pourſuit, il avance, & dans chaque journée
Entreprend & finit les Travaux d'une année.

Nos plaiſans IOSVEZ alors ne railloient plus;
Mais voyant d'un œil triſte, & d'un eſprit confus,
Quels coups prodigieux ce Heros ſavoit faire,
Et qu'en ſi peu de jours il avoit tout domté,
Ils doutoient, ſi pour luy le Soleil arreſté
N'avoit point fait les jours plus longs qu'à l'ordinaice.

Il eſt vray qu'on ne comprend pas
De quelle ardeur ce Prince a conquis leurs Eſtats,
Et perſonne jamais, ne pourra nous le dire:
C'eſt dans tous les eſprits, un juſte eſtonnement,
Il a fait cent Exploits que l'Vnivers admire,

Et n'a pas eu pour tous un temps qui duſt ſuffire
    Pour n'en faire qu'un ſeulement.
Mais n'ayez Holandois   ny deplaiſir , ny honte,
    De voſtre deffaite ſi prompte;
Vous vivrez plus heureux que vous n'euſſiez vécu :
Et de voſtre bon-heur c'eſt une illuſtre marque,
    D'avoir pour vainqueur un Monarque,
    Par qui le temps meſme eſt vaincu.

    Quant à nous , dont il ſçait ſurpaſſer l'Eſperance,
Que ne devons nous point à ſa haute vaillance,
    Qui n'a pas voulu que nos cœurs
    Fuſſent troublez par les frayeurs
    D'une fortune qui balance ?
Car enfin ce grand Roy par des coups ſi preſſans
A forcé l'Ennemy de luy ceder la gloire,
    Que nous n'avons pas eu le temps
D'apprendre le Projet plútoſt que la Victoire :
Mais la victoire entiere avec tous les Lauriers
    Que peuvent chercher des Guerriers ;
    Les plus beaux que la valeur donne ;
    Des Lauriers vrayment immortels,
    Qui parent les ſacrez Autels,
Et dont l'Egliſe meſme auiourd'huy ſe couronne.

    Car avant que L o u i s d'un bras victorieux
Euſt ouvert ces remparts qui menaçoient les Cieux
L'Egliſe y languiſſoit accablée, & mourante
Sous le funeſte ioug d'une Erreur dominante.
Nuit & iour elle eſtoit dans le gemiſſemént,
Et meſme n'oſoit pas gemir ouvertemeut ;

Contrainte de cacher comme d'infames vices,
Ses divins Sacremens, & ses purs sacrifices ,
Des que LOUIS parest , Elle n'a plus de fers,
Ses liens sont brisez , ses Temples sont ouvers,
Ses Ministres sacrez traitent les Saints Mysteres:
Son Encens iusqu'au Ciel monte avec ses prieres,
  Et ses chers enfans rejoüis
  Chantent dans chaque ville prise,
  Que les victoires de LOUIS,
  Sont les triomphes de l'Eglise ;
  Par tout la Fortune le suit,
  Par tout la vertu le conduit,

Mais , DAMON , arrestons à cet exploit terrible.
  L'étrange passage du Rhin,
  Cet effet incomprehensible,
Qui semble avoir forcé les ordres du Destin !

 Les Holandois fameux dans l'un & l'autre monde
Du Rhin qui les deffend vantoient l'orgueïlleuse onde.
Ils nommoient tous les Roys qu'elle avoit arrestez,
Ils contoient tous les ponts qu'elle avoit emportez.
Et s'attendoient à voir quelque longue machine,
Qui leurs donnast le temps de la battre en ruine,
Quelque Pont qu'on feroit à grands frais, à grands bruit,
Et qu'ils détruiroient mesme avant qu'il fut construit.
Mais LOUIS tout d'un coup vient tenter le passage,
Et d'abord ses Guerriers se jettant à la nage,
A franchir ce grand fleuve animent leurs chevaux,
Par cent divers efforts rompent l'effort des eaux,
Tandis que l'ennemy forme d'autres tempestes,

Et lance un plomb brulant qui tombe sur leurs testes :
Mais sans craindre ny l'eau , ny le feu , ny la mort,
Ils vont, & les voila , qui sont à l'autre bord.

Ils volent maintenant ces Guerriers intrepides
Qui nageoient tout à l'heure en des ondes rapides,
Leur amour pour le Roy change ainsi leurs Destins;
C'est luy qui les metamorphose,
Et ce sont comme il en dispose,
Ou des Aigles , ou des Daufins.

Cette noble ardeur continuë,
Vn autre escadron nage encor ;
Et par cette route inconnuë,
Il vient à terre & prend l'essor.
A peine encor un autre arrive,
Que des cris èclatans de mille endroits poussez
Font entendre par tout de l'une & l'autre rive ,
Que CONDE' qu'ENGUIEN sont passez.

Le ROY qui les voit du rivage ,
Ne peut plus surmonter l'ardeur de son courage ,
Cent fois vers l'Ennemy son cœur est emporté,
Mais quoy que tout son sang boüillonne ;
Il faut que la valeur cede à la Majesté;
Et le ROY par Elle arresté,
Ne sentit jamais tant le poids de sa Couronne.

Ce pendant nos Guerriers sous ses puissans regards,
Ne sçauroient craindre les hazards,

Pour eux les perils ont des charmes :
LOUIS les voit, & c'est assez ;
Tous les ennemis sont forcez,
Tous sur le champ rendent les armes.
Ils cedent, mais comment ne cedcroient ils pas,
Voyant ces terribles Soldats,
Qui viennent forcer leurs barrieres ;
Ces François, ces donteurs de la fureur des eaux,
A qui pour passer les Rivieres
Il ne faut ny Ponts, ny Bateaux.
Certes plus j'en dirois, plus j'en aurois à dire ;
Mais enfin, CHER DAMON, je me tais, & j'admire.

EGLOGUE
SVR LES VICTOIRES DU ROY.

En l'année 1674.

CLEANTE.   DAMON.

CLEANTE.

ANS ces lieux, Cher Damon, si rians & si beaux,
A l'ombre de ces bois, sur le bord de ces eaux,
Exempt d'ambition, sans soins, l'ame charmée
Des hauts faits dont LOVIS charge la Renommée
Qu'il m'est doux de chanter le nom de ce Grand ROY,
Et d'oüir les Echos le chanter avec moy.
Mes Ennemis voudroient me rompre mes musettes;
Mais leurs efforts sont vains. Faites mes jalous, faites,

Excercés contre moy vôtre fâcheux esprit,
Inventés, supposés, l'innocence s'en rit.
Ie n'en chanteray pas avec un moindre Zele,
Les Exploits de mon Prince & sa gloire immortelle.

DAMON.

Ce zele, CHER CLEANTE, est sincere, & je sçay
Que toûjours vôtre cœur s'en est senty preßé.
Mais pour loüer un Roy que l'Vnivers admire,
Le zele d'un Berger ne peut pas vous suffire.
Connoißons nous, voyons, tant de faits plus qu'humains,
Qui paßent les Heros des Grecs & des Romains :
Et comment les chanter aux bords de nos fontaines,
Si nous n'avons l'esprit & de Rome & d'Athenes.

CLEANTE.

Ie vous entens, Berger, mais un si grand vainqueur
Peut ne méprifer pas le langage du cœur.
La solide vaillance aime un discours sincere
Qui dise sans façon ce que l'on a veu faire,
Et qui n'ajoûte point les doctes fictions
A l'éclat naturel des grandes actions.
LOVIS domte le Rhin, & le paße à la nage.
CHER DAMON, ce miracle est grand en tout lengage,
Et j'oseray chanter heureusement surpris,
Que MASTRIC par mon Prince en treize jours est pris.
Trouvez moy quelque endroit dans la plus belle Histoire,
Qui de ces simples mots puiße égaler la gloire ?

MASTRIC a veu tomber ſes rempars & ſes tours,
En treize jours, Echos, Rochers, en treize jours !
Cent fois je le diray ſur nos vertes fougeres,
Cent fois le rediront nos plus ſimples Bergeres,
Heureux ! ſi je pouvois avec mes petis airs
De nos Chantres fameux attirer les concers.

DAMON.

Ah ! ce ſeroit pour nous des douceurs bien touchantes,
D'entendre concerter leurs Muſes ſi ſçavantes ;
Des Muſes dont LOVIS luy meſme eſt l'Apollon,
Et qui dans ſon Palais ont leur ſacré Valon.
De ſon air, de ſes traits divinement charmées,
Par ſes regards vainqueurs ardamment animées,
Elles peuvent chanter ſes faits prodigieux ;
Et montrer qu'en luy ſeul ſe trouvent tous les Dieux.
Vn MARS qui ſçait meſler à la fureur des armes,
Ce qu'AMOUR a d'attraits, de douceurs & de charmes :
Vn NEPTUNE qui peut aux yeux de l'Vnivers,
Et ſurmonter les flots, & joindre les deux Mers :
Vn nouveau JUPITER, dont l'effrayant tonnerre
Au milieu des Hyvers a fait trembler la terre :
Vn HERCULE qui domte vn triple GERION,
Rompant de trois Eſtats la puiſſante vnion.
Ainſi de cette haute & divine matiere
Elles compoſeroient vne Illiade entiere ;
Mais de jeunes Bergers ſous l'ombre des ormeaux,
Ne ſçauroient ſur ces tons enfler leurs Chalumeaux.

Il est vray, CHER DAMON, ie sens cette impuissance.
Mais cela ne doit point nous reduire au silence ;
Car enfin les torrens que nous voyons rouler,
N'empéchent pas icy les ruisseaux de couler.
Laissons là, ie le veux, laissons là les batailles,
Ne peignons point LOVIS renversant des murailles,
Ne le regardons point dans son noble couroux.
Mépriser les perils, & les affronter tous,
Il faut pour ces obiets vne Muse trop forte.
Ie tremble quand je pense où sa valeur l'emporte ;
Quand ie le voy forcer par des coups si pressans,
Les rigueurs des saisons, les obstacles du temps ,
Et courant au combat comme vn Aigle qui vole ;
Ioindre à Gré dans un mois, Salins, Bezançon, Dole,
Tout ce riche Pays , ce fertile Tresor,
Si fameux par ses sels , & par sa Toison d'or.
Mais puis qu'heureusement la conqueste en est faite ;
Chantons, mon CHER DAMON, chantons sur la musette :
L'Invincible LOVIS, veritable JAZON,
En domtant la Bourgogne, a conquis la Toison ;
Et pour la conserver avec tant de vaillance,
N'a-t'il pas du serpent la solide prudence ?
    Cent fois la Renommée en passant dans ces lieux.
A fait de cet Exploit le recit merveilleux.
Quoy , *Nous a-t-elle dit ,* On voit contre la France
Tant d'Etats assemblés reunir leur puissance,
Et malgré leurs efforts, LOUIS , seul contre tous,
Enleve la Bourgogne à tant d'Etats jaloux.

C'eſt là l'étonnement des ſages Politiques,
Et l'ouvrage achevé des vertus heroïques.
    Mais réjouiſſez-vous, Bois, champs, ruiſſeaux, vergers,
Ie voy dans ce Heros les vertus des Bergers.
La bonté, la Franchiſe & cette Foy parfaite
Qui de tout temps a fait l'honneur de la houlette.
Toutes ſes actions brillent de ſa candeur;
Et ſa bouche jamais n'a demanty ſon cœur.
Doux, tendre, bien-faiſant, conſtant dans ſes promeſſes,
Haïſſant l'impoſture, & fuyant les fineſſes,
Il montre à l'Vnivers dans le plus grand des Roys,
Ces aymables vertus qu'on ne trouvoit qu'aux bois.
Quel plaiſir de le voir au retour des batailles,
Parer de tant d'atraits les jardins de Verſailles!
Ah! chantez auec moy ſur vos doux chalumeaux,
C'eſt le Dieu des Bergers, c'eſt le Dieu des hameaux.
    D'autres Muſes diront ſes conqueſtes rapides,
Et tout ce qu'apres luy font ſes Chefs intrepides.
TURENNE qui fait voir aux belliqueux Germains,
Qu'aujourd'huy les François ſont les anciens Romains.
CONDE' ſuivy d'ANGUIEN, & tout couvert de gloire,
Qui ſur tant d'Ennemis remporte la victoire,
Et toûjours de ſon fils fortement ſecondé,
Pour tout dire en un mot, montre qu'il eſt CONDE'.
    Mais tandis que ce Chef regnant dans la Campagne,
Combattoit la Hollande, & l'Empire & l'Eſpagne.
Noſtre Illuſtre Prelat aux pieds des Saints Autels,
Faiſoit pour nos Guerriers des vœux continuels.
Ses vœux ont attiré la victoire éclatante,
Et cependant pour luy la victoire eſt ſanglante.

Il perd son cher Neveu. Mais ce fidele cœur
Au bien de tout l'Estat immole sa douleur ;
Et par un prompt effort qu'à peine on pourra croire,
Il chante le premier l'Hymne de la Victoire.
Quel sacrifice, ô Ciel ! le brave CHANVALON.
De cent Nobles ayeux l'illustre rejetton !
Mais ce n'est point le temps de répendre des larmes.
La victoire est à nous, ne pensons qu'à ses charmes;
Que nos prés, Que nos champs en soient tous réjoüis,
Et remplissons nos cœurs du grand nom de LOVIS.

   D'autres mains graveront ce grand nom sur le marbre ;
Mais je le vais graver au moins sur ce jeune arbre.
Créssés petit ormeau, crèssés heureusement,
Soyés de nos Foréts la pompe & l'ornement ;
Iettés de toutes parts de profondes racines,
Bravés lès Aquilons, resistés aux ravines,
Etendés noblement vos rameaux glorieux,
Du centre de la terre élevés-vous aux Cieux,
Et marqués nous ainsi la sagesse profonde,
Et les hauts sentimens du plus grand ROY du monde.